일연이

어르신 이야기책 _110 짧은글

일연이

초판 1쇄 발행일 2018년 3월 9일

지은이 이양하
그린이 낙송재
펴낸이 이원중

펴낸곳 지성사 출판등록일 1993년 12월 9일 등록번호 제10-916호
주소 (03408) 서울시 은평구 진흥로1길 4(역촌동 42-13) 2층
전화 (02) 335-5494 팩스 (02) 335-5496
홈페이지 지성사. 한국 | www.jisungsa.co.kr 이메일 jisungsa@hanmail.net

ⓒ 이양하 · 낙송재, 2018

ISBN 978-89-7889-359-6 (04810)
      978-89-7889-349-7 (세트)

잘못된 책은 바꾸어 드립니다. 책값은 뒤표지에 있습니다.

이 도서의 국립중앙도서관 출판예정도서목록(CIP)은 서지정보유통지원시스템 홈페이지
(http://seoji.nl.go.kr)와 국가자료공동목록시스템(http://www.nl.go.kr/kolisnet)에서
이용하실 수 있습니다. (CIP제어번호: CIP2018005472)

어르신 이야기책 _110 짧은글

일연이

이양하 글 · 낙송재 그림

지성사

대개 한 주일에 한 번, 두 주일에 한 번은 으레
동대문 밖 동무를 찾는다.

　　동무의 집 사람은 모두가 나의 발자국 소리로
나라는 것을 알아주는 반가운 사람들이다.
그러나 그중에도 반가운 것은 두말할 것 없이 일연이다.

내가 바깥 대문을 열고 뚜벅뚜벅 뜰을 거쳐 북쪽으로
난 안문을 두드리려고 포치에 들어서자마자

　　"누구요?"

하고 고함치며 마루를 통통 울리고 달려오는 것이 곧
일연이다. 나는

　　"나요!"

하고 대답하며 문을 두드린다.
일연이는 한 번 대답만으로는 만족하지 아니한다.

다시 이번에는 더욱 큰 소리로

"누구요?"

하고 고함친다. 나도 지지 않게 소리를 높여

"나요!"

하고 대답한다.

　우리의 "누구요?" "나요"가 온 집안이 시끄럽게
네다섯 번 거듭될 때쯤 하여 문이 열린다.

우리의 얼굴이 마주치자 일연이는

"응 아저씨! 난 누군가 했지" 하며 머리를 갸우뚱하고 토실토실한 두 볼 사이로 하얀 옥니를 드러낸다.

나는 "응 일연이던가. 나도 누군가 했지. 어디 일연이 그동안 얼마나 컸나 좀 들어볼까?"

하며 일연이를 안는다.

"아이꼬 일연이 컸구먼. 일연이 몇 살 났는지?"

"다섯 살."

"다섯 살? 다섯 살이 무슨 다섯 살인가.
일연이 네 살 났지."

"아니 다섯 살 났어."

"오오 참 일연이 인제 다섯 살 났지. 그러면 일연이
학교에 가야지?"

"이제 엄마하구 유치원 가아. 벤또 가지구."

"응, 벤또 가지구 가방 메구. 일연이 참 좋겠구먼."

그러나 일연이는 오래 안겨 있으려고는 하지 않는다.

이것도 한 살 더 먹은 탓이다.

나는 일연이를 내려놓으며 주머니에서 초콜릿을 하나

꺼내준다.

일연이는 목을 이리 갸우뚱 저리 갸우뚱

어느새 납지를 벗겨 한 입 크게 베문다.

흰 옥니가 금시 검어지고 입술과 두 볼에는

어느새 어지러운 지도가 그려진다.

　이제야 아버지가 벙글벙글 웃으며 나오시고

이어 어머니가 나오시고 할머니가 나오신다.

일연이는 어머니 치맛자락에 매달려

몸을 이리 째기둥, 저리 째기둥, 발을 들었다 놓았다

초콜릿을 한 입 베물고는 우리들의 얼굴을 쳐다보고

또 한 입 베물고는 우리들의 얼굴을 쳐다보곤 한다.

그리고 아버지가

"어서 들어가세."

하며 앞장 서는 것을 보고는 더 간참하지 못할 것을

알고 어머니와 할머니를 따라 통통 가버린다.

그러나 갈 때가 되어 마루에서 구두를 신고 있노라면
일연이는 으레 또

　　"아저씨 가오?"

하고 고함치며 한 번 다시 마루를 통통 울리며
달려나오는 것이다. 나는

　　"오오 일연이. 일연이 한 번 더 들어 봐야지."

하며 일연이를 안는다.
일연이는 웃는다.
그러나 말은 없다.

"일연이 그러면 잘 놀아 응? 아저씨 가까이 또 올게."

하며 나는 일연이를 내려놓는다.

일연이는 우리들이 인사하는 동안 아버지 어머니
할머니 사이를 왔다 갔다 하며 나의 얼굴만 쳐다본다.

말할 기회를 갖지 못하는 것이다.

그러나 내가 맨 끝으로 인사하는 것은 일연이에게다.
나는

"일연이 안녕해야지?"

하고 머리를 끄덕하며

"일연이 안녕."

한다. 일연이는 어떤 때는 "아저씨 안녕"을 하고

어떤 때는 하지 않는다.

금년 철 잡혀서는 하지 않는 때가 많다.

이것도 일연이가 한 살 더 먹은 탓이다.

　나는 어린애란 경이원지하는 것이

가장 상책이라고 생각하는 사람의 하나이다.

어린애란 도무지 헤아릴 수 없고

비위 맞추기가 몹시 어렵기 때문이다.

그러나 일연이만은 몹시 귀엽다.

그리고 일연이 마음만은 알 것도 같다.

　나는 일연이가 언제든지 고만하고

크지 않았으면 한다.

일연이가 크면 상에 십 전짜리 초콜릿밖에

사다 줄 줄 모르고 또 밤낮

"너 몇 살 났니?" "그러면 너 학교에 가야지"

하고밖에 말할 줄 모르는

이 무거운 아저씨를 따를 리가 없기 때문이다.

다시 일연이

오래간만에 동대문 밖 일연이를 찾았다.

전과 다름없이 문을 열고 현관에 들어서자 통통 마루를

울리고 달려나오는 것이 바로 일연이었다.

주홍 두루마기에 일연이는 많이 자랐다.

달려나오자 벙글벙글 웃으며 서 있는 나를 보고는

"아, 이층 아저씨" 하고 문득 발을 멈춘다.

다음 순간 일연이는 엄숙한 표정으로 조그만 두 발을
모으고 공손히 인사한다. 학교 선생님들에게 하는 인사다.

"가방 메구 벤또 가지구" 하던 일연이의 어린 꿈이
실현되어 일연이 인제는 제법 훌륭한
어린 여학생이 된 것이다.

그러나 나는 아직도 일연이를 찾으면 으레 맨 먼저
한번 안아 보고 하던 버릇을 갑자기 버리고 싶지 않다.

나는 "아아, 일연이 참말 오래간만이로구만.

어디 오래간만에 한번 들어 뵈야지, 얼마나 컸나" 하고
팔을 벌린다.

뜻밖에 일연이는 두 볼에 귀여운 우물을 그리며
순순히 안긴다. 그러나 안기고 보니 어색한지 곧 다리를
뻗는다.

"일연이 참 컸구만. 그래 어머님께선 어디 가셨느냐?"

"오늘 저녁에 회가 있어 나가셨어."

"응 그러면 오늘은 일연이가 주인이로구만.
주인이면 손님 대접을 해야지?"

주인이 있으니 손은 물러갈 것이 없다.

그리고 또 이 어린 주인을 보면 나의 오늘 용건은

거의 다하는 것이다.

나는 구두를 벗고 마루로 올라선다.

일연이는 다시 귀여운 우물을 두 볼에 그리며

앞장서 방으로 안내한다.

일연이는 확실히 컸다. 전 같으면 발끝을 세우고

허리를 펴고 손을 기껏 내뻗쳐야 간신히 닿던 문 손잡이가

인제는 예스러운 자세로 잡기 꼭 알맞게 되었다.

일연이 자신은 물론 이런 생각을 하고 있을 리 없다.

일연이는 재빠르게 방으로 들어가 방석을 하나 갖다

화로 옆에 놓고 방글방글 웃으며 내가 앉는 것을

보고는 자기도 화로 옆에 꿇어앉아 조그만 손을

화롯가에 올려놓는다.

이로써 말하자면 주객(主客)의 자리가 정해진 셈이다.

"일연이 참말 오래간만인데.

그래 일연이 지금 몇 학년이던가?"

"몇 학년이 뭐야. 지난봄에 들어갔는데."

"아 그렇던가. 학교는 수송동이었지?

그러면 전차 타고 다니느냐? 가방 메구 벤또 가지구."

일연이는 고개를 까딱까딱하며 두 볼 사이로

흰 옥니를 드러낸다.

벤또 가방이 이미 신기로운 아무것도 아니라는

웃음이다. 그러고 보니 예에 의하여 사 온 두 개

초콜릿이 마음에 걸린다.

그러나 사 온 것이니 처치하고 갈 수밖에―

"일연이! 그런데 내 초콜릿 사 왔으니 받아야지?"

"응 초콜릿. 그러면 영순이 데려와야지.

차두 가져오구."

　일연이는 문을 열고

"할머니 차 주세요. 이층 아저씨 또 초콜릿 사 가지구 왔어."

하며 마루를 달려 안방으로 간다.

이윽고 일연이가 한 손으로 삐뚝삐뚝하는 영순이를

이끌고 오고 할머님이 차를 가지고 오신다.

영순이는 일연이 바로 아래 동생이다.

영순이도 많이 자랐다. 기저귀에 싸인 영순이를 한두 번 본 기억이 있는데 벌써 이렇게 자라 제법 걸어다닌다.

"아, 일연이 동생인가? 많이 컸는데.
어디 한번 안아 봐야지."

영순이는 그냥 낯설어하지 않고 쉬이 안긴다.

일연이는 초콜릿 봉지를 풀어 하나는 영순일 주고
하나는 자기가 갖는다.

그러고는 또 귀여운 웃음을 웃으며 찻잔으로 시선을
보낸다. 크림을 담뿍 친 커피다.

나는 이 어린 주인한테 차 대접까지 받을 줄은
기대하지 못하였다.

그리고 이렇게 맛있고 기쁜 차는 처음 먹어 보았다.

"그래, 우리 학교 이야기나 좀 더 해야지.
선생님은 어떤 분이신가?
남 선생님이신가 여 선생님이신가?"

"여 선생님이야."

"이쁜 사람인가? 그리고 일연일 귀애하시나?"

"응 이뻐. 그래두 무서. 좀 잘 못하면 이렇게 뺨을
갈겨."

일연이는 두 손으로 자기 두 뺨을 갈기는 시늉을 하며
두려운 표정을 짓는다.

"그럼 공부하기엔 무엇이 그중 재미나데?"

"국어 그리구 조선어 그중 힘들어."

"아, 일연이 그러면 아직두 호랑이란 말을 못하는구만.
어디 한번 해봐."

일연이는 또 한 번 두 볼 사이로 흰 옥니를 드러낸다.

일연이는 2, 3년 전만 하여도 호랑이라면 홍아니 홍아니
하였던 것이다.

나는 화제를 돌려 멀리 외국에 가 있는 아버지의
소식을 묻는다.

"아버지한테서 편지 왔나?"

"응, 요전에두 왔어."

"일연이 아버지 보고 싶지?"

일연이는 여기에는 대답이 없다.

"일연이 그러면 아버지 보구 싶지 않단 말인가?
아버지는 일연이가 보구 싶어 매일 일연이 사진을
들여다보실 텐데."

그래도 일연이 아무 대답이 없다.

"그러면 일연이 아버지 생각은 조금도
아니 하는구먼."

"아니 어떤 때는 하구 어떤 때는 안 해.

오늘 아침은 생각했어.

그리구 인제는 그만 왔으면 했어."

　일연이 입가에 가벼운 웃음이 떠돈다.

아버지의 모습을 그려 보는 것이다.

나도 멀리 동무의 얼굴을 그려 본다.

동무여 빨리 돌아오라.

일연이가 기다린 지 오래다.

그리고 그대는 이 귀여운 일연이가 보고 싶지 않은가.